Ares
brincantes

Paulo Ludmer

Ares brincantes

Poesia

Copyright © 2024 Paulo Ludmer
Ares brincantes © Editora Reformatório

Editor:
Marcelo Nocelli

Revisão:
Marcelo Nocelli
Natália Souza

Design, editoração eletrônica:
Karina Tenório

Arte de capa:
Natália Gedanken

Dados Internacionais de Catalogação na Publicação (CIP)
Bibliotecária Juliana Farias Motta CRB7/5880

Ludmer, Paulo, 1944-
    Ares brincantes: poesia / Paulo Ludmer. – São Paulo: Reformatório,
2024.
    78 p.: il.; 14x21 cm.

    ISBN: 978-65-83362-03-2

    1. Poesia brasileira. I. Título: poesia.
L945a   CDD B869.1

Índice para catálogo sistemático:
1. Poesia brasileira

Todos os direitos desta edição reservados à:

EDITORA REFORMATÓRIO
www.reformatorio.com.br

I

O ar intensifica, suprime, inspira
o balé do firmamento, o estamento do Ser.
Amigo do fogo, do rio e da água,
apóstolo filho da gravidade.
Poliniza a pertença e o exílio,
sugador do passado e do devir.

Elide o quente, torna a esfriar,
assarapanta fantasias,
rabisca cabelos no pescoço do futuro,
a pluma e o granito, micas e feldspatos.
Reveste a Terra, letra e melodia,
cada frase, um livro inteiro,
verdadeira, necessária,
anima, inventa.

II

O ar é querência, cisma, vertedouro.
Fluxo errante, murmúrio, escuta.
Voz para surpresas e avalanches,
novelo do imaginário.

Escorre entre coxas e linhas,
ourives de sabores.

III

Rajadas tatuam sinfonias,
driblam demônios,
enfeitiçam a geografia, sincretizam a história.
Esgueiram-se além da realidade inflacionada
por biomas de teclados, bosques de letras.

IV

Rajadas zunem trajetórias paralelas,
secantes, tangentes,
improvisam simultaneidades.
Gemem, regeneram, apoquentam,
no desconcerto do amanhecer
no apagamento do acaso.
Vocalizam os deuses das comédias,
afrescos de temperança.

Rompem as membranas das fronteiras
que teimam afirmar.

V

O ar indômito, inesperado, impreciso,
espreme a si mesmo, anônimo, acrobata.
Ondula com telúrica vontade, açoita o improvável.
Lanceta veios de árvores degradadas.

Busca paz, natural,
bizarrice, alumbramento.
Cultiva, conquista, colhe,
escamba sílabas por pepitas de orvalho,
aderente à pele do planeta.

VI

Revolve folhas secas, pétalas de damascos,
vara o biombo das névoas,
subverte cenas polissêmicas.

Com a bênção de Hades,
das entranhas do cotidiano,
aplaude a Lua fora de curso,
revira a luz sobre si mesma.

VII

Erra pelas pedras no sertão,
a cabeça nos astros, os braços no poente,
embalando a sujeição desejada,
a identidade craquelada.
Colhe tensão no trigal do esquecimento,
nos cochos da soberba e baias da vaidade.
Talha falésias e serras com gumes,
chamado, apenas vem.

VIII

No migrar dos pelicanos, sorve, jorra,
ludibria, dissuade, aponta e desaponta.
Varre trilhas, dobras e ranhuras, berçários de garças,
cisca peles, desertos e glaciares.
Turva rosto e mãos com rudeza,
turbilhona o inconsciente abissal,
premedita pureza, embosca alma,
pluma de ir e voltar, ir e voltar.

IX

No afã da pressa, tufão ilimitado,
turva o universo, sacode o arco da aliança
do real ao extraordinário.
Fraciona, contorna, desbasta onde deve sair ou entrar.
Restringe, inclui acordos, enganos,
aporias, realidades aumentadas,
sinestesias, eufemismos, catacreses.
Fibrila, morde desarvorado
milharais de paradoxos que ondula, acotovela, recalcitra.

Imita a volúpia de rios à espera da cheia.

X

Explode a mesmice, as curvas da física,
na sombra perpendicular do meio-dia.
Diferencia o incerto, de légua em légua,
anela estios e chuvas oceânicas.

Clarim do mundo a escorrer verbos.

XI

Hipnotiza, encanta,
de fora para dentro, de dentro para fora,
as musas desabridas de si.
Seduz, persuade, esfuma,
ao som do folheio de um livro.
Coerente, coeso, articulado,
rompe o hímen da clausura.

XII

Bifurca o futuro, sem preâmbulos,
as vizinhanças das eternidades,
o nada e o nada do nada.
Circula, recicla o antes e o depois,
mistura volúpia, suspiros e gostos,
embrulha o inevitável em seu través.

XIII

Dissimula, afasta e traz de volta,
dia e noite, no valo das inquietudes,
em estrondos compassados.
Ardiloso bufão, sem teto, sem endereço,
entre salgueiros, mognos e araucárias,
guardanapos e folhas de caderno arrancadas a esmo,
harpeja uma nota para cada signo.

XIV

Amplia, lambuza ausências,
o invisível a revolver sebes,
assume as mil e uma noites.
O som lhe cavalga grato,
sabe de suas moléculas,
do seu cerne desossado.
Seu ponto cego é literário.

XV

Entre nuvens reboladas,
entrega saudade, o nome da ausência.
Afina Orfeu, coros de pássaros.

Copia o silêncio, pegadas da alvorada,
senhas nas estrias dos corpos,
mãos, dedos, rostos, máculas,
sintagmas e cerebelo,
ponteia fímbrias entre tudo e o vácuo.

XVI

Embarca as dionisíacas corredeiras,
empurra troncos pelos rios, arruma palavras.
No encontro da mentira e da verdade,
engata o imaginário em seu vagão leito,
quando o escuro e o claro perdem o nome,
cordoalhas do humor.

XVII

Destila orgulhos nas praias da lisonja.
Desperta o Sol do próprio discurso,
no interstício de lavas de mica e parafina.
Palmilha as estepes de lítios, nióbios e grafenos,
amálgamas de terras raras, aclives e fluxos de aluvião,
o celeiro de saberes nas gaiolas da exaustão.

XVIII

Filtra penetras da festa do amanhã,
vestígios de que a poeira não se esgota.
Baldeia migalhas de neutrinos
nas ininterruptas madrugadas,
orvalhos de pálpebras pesadas.
Nas horas do lobo, do horror, do assombro,
trapaceia lembranças azáfamas e azurradas.
Borda suas iniciais, quer sim, quer não.

XIX

O ar desencapa corpos, bricabraques, serpentinas,
o ronco da caneta nas madrugadas, a imaginação desterrada.
Solfeja escólios, aleivosias, traquitanas,
na popa de albatrozes, gaivotas, mergulhões.
Tropeça em enlouquecidas árvores,
penteia madeixas em crinas de mulas.
Ondula o encontro do Negro e Amazonas,
pegadas de micos, aranhas e patos.
Depura entrechos e armengues.

XX

Atravessa o oco dos chifres,
conexões do homem com o Olimpo,
nos perímetros de mitos e ritos.
Oxigena o pântano da brevidade,
coze a concisão.

Nos labirintos em fluxos,
corajoso, desajuizado, intermitente,
acaricia a púbis das aldeotas.

XXI

Peneira o tanto faz, os nem cá, nem lá.
desfolha ramadas, caules, floradas,
asperge afeição, maciez e severidade.
Despe o indizível, o invisível, o maleável,
o esplendor do sucesso e o desamparo do incauto.

O ar romantiza lendas, a dubiedade, a descrença,
melodias castas e cruas.
Preenche ânforas, contorna arrecifes,
artérias, nervuras, linfonodos,
certo de que não envelhece.

XXII

Acena a gravetos e cascalhos.
Pole maçãs na Árvore do Conhecimento,
Insufla luxúrias e lubricidades,
sacro e profano, na luz e na penumbra.

No quartil do improvável,
bane a discórdia, anjos caídos,
na enxurrada do desconhecido,
assobia nas lápides da incompreensão.

XXIII

O ar, confeiteiro dos rumos,
chapinha volúpia no rocio do desatino.
Curador da aurora, ancila o necessário e o suficiente.
antes que o verbo se aposente.
Entre a carne acalorada e a alma pudica,
executa as partituras do resto que se dane.

XXIV

O ar imanta e umedece a tarde,
raiva e medo tragados nas procelas,
destrava um tufão, remenda calmarias.
Filtra arquivos e sensaborias de libido casual.
acumulador de mundos polissêmicos,
musical de todas claves.

XXV

O ar, afresco transparente
de fios incolores, delírio de menina moça,
aceita convites da esperteza.
Seus lábios beijam feito agulhas o hemisfério da sujeição.

Musas ao carinho de Éolo cedem alvejadas
no tálamo dos segredos da Acrópole.

O ar porta todos os cheiros que vem e vão,
boiam sobre a Terra em desmanche.

XXVI

Peregrino no arroio dos gineceus,
nos açudes das inconstâncias,
enfuna as pregas do ardor.
Numa penada toma o vazio, uma inundação.
Apadrinha anacondas, bichos preguiça,
golfinhos em artimanhas de lunação.

Testemunha arfares de ninfetas.

XXVII

O ar de incontinência escalena,
escultura do Eterno e Único,
espalda o cosmos cerimonioso,
estufa, trepida sob quasares da galáxia,
sustem os cúmulos nimbos, estratos pesados,
lambe as serras nevadas.
Pinta de marrom os Alpes, Andes e Apeninos,
acasalado a *Los Niños e Las Niñas*.

Guarda prazeres para ameaças.

XXVIII

Corretor do querer e do perfume,
ditirambo de marombas,
avia dignidade, urze valor
nas fotos molhadas que secam nos barrancos.

Pisa no barro e volta,
escurece e clareia o que precisa,
no mundo em que tudo pode acontecer.

Topografa na caatinga do Paraíso,

XXIX

No torneio de cada sempre,
rastreia as fronteiras do tempo.
Revisita desertos, gerúndios e palimpsestos,
no ir-e-vir do embora, do apesar e do entanto.
Mordisca, alinhava, flamba,
astúcia de estiloso escultor.
Vértice, vórtice, lavra, arpoa, cinzela,
as fendas do desterro, o bombordo do erro,
com apetite sagaz e clamor purpurino.

XXX

O ar tolda a avareza, a hipocrisia, a fraude,
silente, insípido, inodoro.
Propaga gemidos, langores,
frêmitos de virgem no proscênio da estreia,
louvores nos camarins da misericórdia.

Incensa o sobreiro, a murta, a mirra,
o néctar e a ambrósia,
zela romãs, abelha na pupa.

Fustiga trilhas, alpendres e entulhos.

XXXI

Cinzela o ponto, a reta, o plano,
nos calcanhares do hedonismo.
Rega a relva de candura, os olmos na ravina,
flana com o mandorová, a jia, o anum,
afaga a jurema preta, umedece o mandacaru,
descarta iscas da mentira.
Nas frestas, fracionado, arranca cipó, deforma arbusto.
Grafita nos troncos dos limoeiros,
alinhava papel crepom.

XXXII

Hiberna nas épuras dos meridianos,
emerge na varanda da agrura.
Destemido no intercurso crespo
dilacera as cegas frinchas do nada.
Ama o distante sem contanto, adoça, amarga,
em movediço contraste borrascoso.
Volúvel desde onde a história começa,
prolonga a aventura insurgente.

XXXIII

Éolo quara a savana da etiqueta,
além da orgia das vespas nas bromélias.
Aspira pelas guelras do dia,
rompe membranas das firulas.
Nutre o nunca e o nunca mais
sobre a ponte em que os cisnes passam.
Sempre que o calor convida à sombra,
vela pela ramagem das encostas.

XXXIV

Estridente, polissêmico,
lúdico, lixa as rochas dos vulcões,
falésias, foz e estuários,
arranca lírios de margens.
Circunda a inércia, estupidez, idiotia.
Em farpas e crispas, alveja a redundância.

XXXV

O ar conforta pés descalços nos caminhos.
Viceja no arranjo do errar por frestas da urgência.
marceneiro da fé e carpinteiro da dúvida.
Verte acrônimos, fertiliza grafemas, distrai o diabo,
esparge rastros de cometas e de pirilampos.
Abala girassóis que buscam a floração.

Vivifica a biblioteca do instinto.

XXXVI

O ar transcende a subjacência,
raspa saliências, identidades,
fulmina a crueza da bobagem.
Purga o decalcado, o explodido,
plissado na colina das trajetórias.

Sucinto e oblíquo como o topázio,
desorganiza a superfície do bem e do bom,
imana dos invólucros das ametistas.

XXXVII

O vento sem porto de destino,
acepipe de tramoias, tempero de peripécias,
desvia do adverso e do amigável.

Zarpa por auroras aveludadas e grotões,
por arquipélagos desatados.
Enxuga suor de marinheiros, heróis, sereias,
nos vãos contrabandeados.

Testa líquens de palavras, farrapos de linguagem,
migra nos descampados do acaso,
trapaceia com enigmas nas veredas,
nos itinerários de Iemanjá e mariposas lépidas.

Vence istmos, promontórios, se espatifa no papel.

XXXVIII

O vento aturde as marolas da comunhão,
acotovela ampolas de nuvens,
erode ribanceiras, abismos.

Umedece cerrados, desertos e cavernas,
comparte com duendes os brejos da noite.
Adormece em caçambas de pulsões, trapézios de melancolia,
à jusante e à montante das touceiras.

XXXIX

Desfila de cerro em cerro,
na natureza não joga dados,
trema, fonema, assintonia e torpor.
Brincante ginga, bimba, rumba, pinica,
rasura o véu e o léu da estupidez.
Devaneia, dança, amaina, recita
o porém, o contudo, os entrementes da vontade
em disruptiva embriaguez.

XL

O vento seca lágrimas nas bochechas da vida,
do insignificante ao imenso,
do próximo ao longínquo,
do provisório ao definitivo,
do fundamental ao irrelevante.

Desnuda incongruências,
comédias de gentilezas, delícias caricatas,
nas ribaltas das rupturas.

Amotina dramas que a vista não alcança,

XLI

O vento despetala narcisos, flete lógicas,
desconstrói, de telhado em telhado, seguros e certezas,
comparsa de doidos, bobos e poetas.
Desfaz conservas, medos, fúrias,
perfura os tecidos das regras.
Verdugo penetra no ralo da ambiguidade.
Entra e sai sem pedir licença.
no universo das entranhas.

XLII

Brisas alucinam cata-ventos, monjolos,
sabiás, pica paus e papagaios.
Açoitam cedros e pinheiros,
debulham o salve-se quem puder.

Sem decoro flertam com gerânios e violetas.
Nas alamedas unificam desabrochar e murchar.
Nos lençóis, rompem o dique da prudência,
suaves nos vórtices dos trejeitos,

nas reentrâncias do atrevimento.

XLIII

As brisas rebocam amanhãs, saciam vontades singulares.
Entre recatos e lascívias nos tendões de ousadias,
derriçam sensos, ornam contornos.
Tecelãs da lisura, parteiras do efêmero,
mitigam sedes, conversas de portão.
Rainhas dos caminhos dos perigos,
juntam palavras que dizem sujeito e predicado.

XLIV

Brisas são intransitivas no amor, no ódio, no desprezo,
Infalíveis no inesperado, nos vales profundos,
nas escarpas nuas,
nascem de afetos e medos, frio e calor,
capangas de ideias quânticas.
Reúnem pensamentos teimosos a envolventes,
dos fossos, das terras escavadas, de taludes,
coveiras de gravidades, voçorocas, pirambeiras.
Brisas calçam os calçados do agora.

XLV

O ar derriça paradoxos nos entrançados de freguesias,
marcha pelas consignas, pelos percursos estrelados
das veias até o pulmão.
Desde as ribanceiras até os tálamos,
amansa, adicta e — súbito — esporeia o vazio,
do Leste a Oeste, dos segredos às indiscrições,
alimentando artes e pensamentos, acendendo chamas.

De repente, cessa sem ponto final.

XLVI

O ar cliva consoantes, histerias de vogais,
percola sentimentos, fonemas,
anacolutos, palíndromos e anagramas.
Dança a canção da cauda de cometas,
nas rotatórias gramaticais,
nas escumalhas do planeta.

XLVII

As brisas são madrinhas do momento,
do mar cigano que se esfrega em mim.
Ternas antes de chover, arrepiam todos e ninguém,
aquecem a descer pelo corpo em inelutável vaivém.
Embriagam fumaças de vulcões,
confabulam vapores de tundras,
comprometem névoas de cerrados,
refrescam o feixe de feno, parreiras no ócio.
Seu inimitável toque na pele
iguala ambrosia e hidromel.

XLVIII

O ar desliza, ceifa, recepciona,
mesmo um olhar apressado.
Pelas restingas, entretece
concretude e paradoxo,
de frente, de costas, de lado.
Na álgebra das metáforas

folheia livros.

XLIX

As brisas, organismos produtivos,
casulos da memória e do esquecimento,
diagonais de sorrisos, secantes de lágrimas, tangentes
de júbilos,
vigem sobre justos e frívolos, beócios e eruditos.
Batucam nos tamborins das graças e ruínas,
acima e abaixo das linhas d'água.
Cortinas de oceanos,
nascem do inferno na nuca do horizonte,
percutem polcas de fadas e maxixes de augúrio.

L

Brisas descoram o sim e o não das falas,
Destemidas catalisam inerência,
desapiedadas, dantescas, circenses,
miragens inexatas, acossadas.
Produzem marés nas lunações do proibido,
secura nos cerrados e no sertão.

LI

As brisas assopram nos chifres dos carneiros,
o novo, o original, o imaginado,
desenraizam a palmeira ao lado.
Organizam a cordilheira de anagramas,
dizeres no jardim da transitoriedade.

Perdida uma vírgula, lá se vai o parágrafo errante.

LII

Brisas nos berços das raízes,
arqueólogas da intuição,
condensam entrelugares,
nas areias do sim e do não.
Despertam oráculos esquecidos,
matrizes ancestrais, esfinges renovadas,
labirintos intestinos.

LIII

As brisas não mentem, inovam,
palhaças de ópera, cafetinas de aflição,
quebram crostas no altar da conserva,
antes que os pântanos se tornem lajeiros,
que Ilhas submerjam para azar de pássaros de fôlego.

As brisas polem as penas dos flamingos e pelicanos,
lixam cracas nas quilhas de Netuno.
Dedicam serenatas à Circe,
nas pororocas do Amazonas.

Assoreiam ciliares a contorcida razão.

LIV

Na direção do devir, da urgência persistente,
as brisas estampam as colinas do conhecer,
preenchem as nervuras da tristeza e do contentamento,
ciúmes, inveja, ressentimento.
Dão fé ao infalível inesperado.

LV

Brisas aliciam além do nomeável,
mantém intrigantes pendores,
despenteiam os cachos das coisas,
destravam os ângulos da repetição.
Isentas de incongruência, culpa e medo,
livres de tiranias, algoritmos e alfabetos,
decalcam historicidades.

LVI

O ar narra emboscado no plural,
instala-se invisível, à toa,
faísca da inteligência.
Trabalha por trabalhar,
seu fim em si mesmo.
Verseja substantivo,
pesquisas e encontros.
Não prova, mostra
ativista das diferenças.

LVII

Oblíquo, côncavo, assíncrono
paradoxal, impertinente, contencioso,
vive a fortuna do contraste.
Sem culpa corre atrás do condenado,
o crime atrás da condenação,
embota e refrigera as coxias da consciência.

LVIII

Comparsa ardente, doce, ácido,
barrado na eclusa da censura,
enovela fabulas, lendas, entrechos.
O vento assiste ninfas e sílfides,
atiça Eros na intersecção do desassossego,
na circularidade perpétua.
Afilhado de Demeter, Hera e Gaia,
imbrica-se no caos a gosto de Éolo.
croupier do universo.

LIX

O ar espirala areias, mangues, lodaçais,
bondade e benevolência, apostos nos afetos,
verbos defectivos, placebos erógenos,
salpica sabores nas expectativas,
arranca o proibido nos redemoinhos de Eva.

No flanar sem trilhos, desata de não ficar quieto.

LX

O ar massageia os estuários,
amigado ao Sol, às placas tectônicas,
no dorso e no torso das correntes marítimas,
na profundeza abissal onde se ovulam sentidos.
Espuma virtudes, estranhamentos,
na ribanceira das artes.

LXI

O ar dédalo das Monções, Ícaro de tornados,
antecipa sua densidade intermitente.
Subverte roteiros e arranjos, hifens e parênteses.
Permeia futricas e maledicências,
rédeas de desvario e pífias encenações,
frutas frescas nas feiras de domingo,
catalisa aventura e resignação.

LXII

As brisas exsudam enganos, aparências, lorotas.
Desvelam o egoísmo da bondade.
Abortam falácias e superlativos fúteis
folhas brancas de relicários.

Arquitetas das diferenças e incômodos do suportável,
estribilham medradas de graça, mesmo em dia de descanso.
Gerenciam a ausência, dardejam perguntas.

LXIII

As brisas poetas cultuam a necessidade,
a síntese entre a forma e o conteúdo.
Escavam arquivos, a verdade do belo,
se tudo é arte e nada é arte?
Na urgência do cosmos, no zodíaco indulgente,
as brisas desjejuam malandragem.

LXIV

O ar assalta afetos feitos e desfeitos,
sentimentos, restos de infância,
a saga de riachos revirados.
Captura frescor,
instruções para chorar.

Compartilha tornados rangentes,
choques de nuvens, tufões e estios
na porosidade aduaneira
da sanidade e da loucura.

LXV

Rajadas transformam, transmutam, transcendem,
acrimoniosas, poliédricas; escritas e leituras,
o silêncio de um violino com notas presas no arco.
Velam antes e depois o mistério das masmorras,
entregam aromas de alfazemas.

Degustam estilos, varrem a gare da retina
no Mondego dos curiosos, no Minho do bem querer,
no subúrbio do horizonte, no restelo dos confins.

LXVI

Brisas distratam nimbos, extratos e cirros,
minam o equilíbrio almejado por Zeus,
nas fraldas estelares,
nas intrigas da humanidade,
sobre úberes do cotidiano.

Carregam paramentos, espantos, grunhidos,
descortínios do pundonor.
Encontram deuses em seu caminho,
nos vazios prediletos.

LXVII

Se a luta é festa, elas nem precisam vencer,
entre o trivial e o incomum.
No cio carregam loquazes
a reprimenda e o gemido.
Nas milongas dos deslocamentos,
por tortuosos espaços contíguos,
espanam as samambaias do engano.

LXVIII

O ar regenera a unicidade.
Recupera virtudes desabadas, sentidos perdidos.
Roça o impossível, rostos que cabem em todos lugares.
Estranho, estrangeiro, impessoal, metafísico, místico,
aposenta pedanterias, simples, rude, raso.
Harmoniza o antigo e o novo, amputa bobagens.
Atemporal, em ordem e simultaneidade, transpira.
Solar, arreliento, afetuoso,
sempre outro,

carrasco e vítima.

LXIX

O ar outrora e agora, sem espessura,
livre do tremor da existência,
estável, algébrico, engenho,
transmite essências, roedor da duração.

Matriz da ambiguidade do sentido
abre os olhos ao que não se vê,
caminhos que começam quando se acabam.

LXIX

O ar infiltra cânticos na terra, pensares na água,
comburentes no fogo, linguagem nos oceanos,
senhas do desassossego,
cavila clichês soturnos.

Não sonega aventuras, nem fortunas, medo ou fé,
enquanto mapeia sulcos na Terra.
Amoral, desaparece nas estranhas distâncias,
atravessa infernos.

Suas mensagens úmidas, salinas, secas, calorosas,
desde as ravinas de incertezas,
integram num átimo o mesmo ao outro,
o verbo Ser ao que tudo é.

ESTA OBRA FOI REALIZADA COM O PATROCÍNIO CULTURAL DA EMPRESA

SATHEL
Energia

SATHEL ENERGIA S/A – Equipamentos & Serviços

Este livro foi composto em Minion Pro
e impresso em papel pólen bold 90g/m²,
em novembro de 2024.